PETITS MONOLOGUES
POUR FEMMES

Afonso Nilson

PETITS MONOLOGUES POUR FEMMES

Traduction :
Noelia Schultz (Universo Traduções)

© 2024 Afonso Nilson

Édition : BoD – Books on Demand, info@bod.fr
Impression : BoD – Books on Demand, In de Tarpen 42, Norderstedt (Allemagne)

Impression à la demande

Illustration : They were three months passing through the forest, 1920 - Virginia Frances Sterrett (1900-1931)

ISBN : 978-2-3225-2600-0
Dépôt légal : Avril 2024

SOMMAIRE

Tatouage..11
Bien moins qu'un poulet..25
La femme aux fleurs...41
Suite n°2..63

Tatouage

Oui je l'ai fait. J'ai tatoué le nom de mon mari sur les fesses. Pas tout à fait sur les fesses, un peu au-dessus, sur le coccyx. Là, tout le monde sait où c'est. Non, je ne sais pas vraiment pourquoi. À l'époque, je pensais que c'était une preuve d'amour vraiment super. Je pensais que quand il me prendrait par derrière, il penserait toujours que j'étais vraiment sa femme. Romualdo Ângelo. J'ai pensé que ce serait mieux de ne pas mettre les noms de famille. Ça ressemblerait à une ceinture, je ne sais pas, avec tous ces Silva et Souza. Mieux vaut juste les deux prénoms. Romualdo Ângelo. En gros caractères, comme un titre de journal. Puis, quand nous n'étions déjà plus ensemble, mais que j'avais encore l'espoir de le récupérer, je pensais que chaque homme qui me prenait par derrière, en voyant ces deux noms pleins de « a » toniques, Romualdo Ângelo, saurait immédiatement : cette femme a un propriétaire. Si c'était aussi simple. S'il suffisait d'écrire le nom de celui qu'on aime sur la peau pour que l'amour dure toujours... Ça devrait être comme ça. Que l'amour dure aussi longtemps que les tatouages. Mais ce n'est pas le cas. Et maintenant, chaque fois que je me regarde dans le miroir, de dos, je vois à quel point j'ai aimé Romualdo Ângelo. C'est fou, non ? On fait n'importe quoi par amour. Et le pire, c'est de montrer notre amour. Il devrait y avoir dans le manuel d'instruction de l'amour, s'il y en avait un, que pour une plus grande durabilité du produit, toutes les preuves d'amour devraient être modérées, extrêmement modérées d'ailleurs. C'est du moins ce que je pense. Et chaque fois que je me regarde de dos, j'en suis encore plus sûre. Pas seulement parce que l'argent des cadeaux ne revient pas, que le temps à attendre ne revient pas et que les tatouages sont éternels, ou presque. C'est parce qu'en fait, pour être honnête, on ne valorise pas ce qu'on pense ne pas pouvoir perdre. Quand on entend tous les jours « je t'aime », deux choses peuvent arriver : soit on commence à se lasser de cette merde, soit on voit ça comme quelque chose d'aussi habituel qu'un bonjour, comment ça va ? Vraiment. Quel est l'intérêt d'être aimé inconditionnellement ? Ça ne fonctionne qu'entre les parents et les enfants, et même comme ça, parfois ça merde. Quand on entend « je t'aime » tous les jours, on pense qu'on peut tout faire et être pardonnée, parce qu'en fait la personne nous aime tellement qu'elle ne peut plus vivre sans nous. Ce n'est pas toujours vrai, tout le monde ne pense pas comme moi, mais pour ma part, c'est vraiment ça. Je pense à Romualdo. Qui me baise tous les jours et qui voit son nom sur mes fesses. Me tenant par les fesses, lisant et relisant, Romualdo Ângelo, Romualdo Ângelo, Romualdo Ângelo, tout pendant qu'il respire dans mon dos et qu'il jouis en moi en murmurant son propre nom encore et encore, Romualdo Ângelo, Romualdo Ângelo, Romualdo Ângelo ... Cette femme est à moi, c'est ce qu'il devait penser. Et je l'étais. Je me considérais à lui. Je voulais à tout prix être à lui. Mais et lui ? Le truc, c'est que je n'ai jamais su s'il me voulait vraiment pour lui. On se lasse de nos jouets. On peut rêver toute notre vie de la poupée chère dans la vitrine et oublier complètement celles qu'on a sur ses étagères. Romualdo par exemple. Je pense qu'il ne m'a jamais dit, comme ça avec toutes les lettres, en face, les yeux dans les yeux, qu'il m'aimait. Et je l'ai parfois supplié. Dis-moi que tu m'aimes ! Dis-moi que tu m'aimes, s'il te plaît. Pour l'amour de Dieu, dis-moi que tu m'aimes, salaud ! Et lui, rien. Il souriait juste. Il évitait le sujet et disait que ses sentiments étaient clairs. Tes sentiments ! C'était si dur que ça de dire « je t'aime », fils de pute ! Et je m'épuisais à essayer de faire en sorte que ce salaud manifeste un peu d'affection. Je n'en avais pas besoin de beaucoup. Et comme il ne me donnait rien, ou presque rien, ce presque rien valait beaucoup. Parfois, il suffisait d'un sourire de satisfaction après m'avoir baisé pour me combler de joie. Il m'aime, pensais-je après qu'il a joui. Et même encore aujourd'hui, je ne sais pas s'il m'aimait vraiment ou si c'était dans ma tête. Et c'est pour ça qu'encore aujourd'hui je n'arrête pas de penser à ce fils de pute. Avec le temps, je n'étais plus aussi folle de lui, mais l'obsession à me faire aimer de lui me poussait de plus en plus à implorer son amour. Je me demande si, au lieu de paraître froid comme un rocher quand il s'agissait de nourrir mon amour, il m'avait dit tous les jours qu'il m'aimait, si j'aurais continué à l'aimer autant quand nous étions ensemble. Je n'arrive pas à imaginer la réponse. Comment saurais-je de quoi il s'agissait ? Je n'ai aucun moyen de savoir quelle aurait été ma réaction. Peut-être l'aurais-je quitté. Peut-être aurais-je pensé qu'après tant d'efforts, tant de travail pour obtenir un minimum de rétribution pour tout ce que je faisais pour montrer mon affection, quand il aurait finalement dit : « je t'aime »; alors j'aurais peut-être pensé que rien de tout cela n'en valait la peine, que j'avais perdu mon temps, et qu'en fait toute ça n'était qu'une horrible erreur de ma part, et qu'en fait je le détestais profondément. C'était possible, non ? Mais comment le saurais-je. Je suis prise par le doute. C'est pour ça que je dis : chaque preuve d'amour, c'est de la merde ! Vous voulez être aimée ? Ne dites jamais que vous l'aimez. Les amants parfaits : deux âmes emprisonnées dans le silence et le doute. C'est le seul remède pour un amour sain, ne rien montrer. Si l'amour était un animal, et qu'il était dans une cage, il devrait y avoir en très grand sur un panneau : « Attention, il meurt lorsqu'il est nourri ». C'est ça mon expérience. C'est ce que je sais. Après Romualdo, j'en ai eu d'autres. Beaucoup d'autres qui, à chaque fois qu'ils me prenaient, lisaient et relisaient sans relâche la phrase infâme, Romualdo Ângelo, Romualdo Ângelo ... Et tous si gentils, disaient que j'étais bonne, certains disaient qu'ils m'appréciaient, et l'un ou l'autre qu'il m'aimait. Personne ne m'a jamais autant fait douter que Romualdo. Et c'est peut-être pour ça que je ne me souviens même pas de leurs noms. Quant à Romualdo, que je n'ai jamais oublié, il s'est marié ce fils de pute. Il a épousé une mégère, qui a grossi comme une vache après son deuxième enfant. Et je sais, parce que toute femme qui se respecte connaît toujours la vie des hommes qui l'ont abandonnée, qu'il est battu par sa femme. Romualdo, que j'aimais parce que c'était un vrai homme, macho et mystérieux, qui ne se laissait jamais dominer, est battu par sa femme. Et il a grossi comme un bœuf aussi. Un bœuf prêt pour l'abattoir. (pause) Mon Dieu, comme cet homme est gros. Il était si hautain, si fier, et aujourd'hui il ressemble à un ruminant, la tête baissée, broutant dans l'ombre de sa femme. Je vous garantis qu'il lui dit tous les jours : « je t'aime, je t'aime » ... Et elle, je pourrais parier là-dessus, doit dire tout le temps qu'il est un bon à rien, qu'il est gros et dégoûtant, qu'il baise mal, s'ils baisent, et que la pire chose qu'elle ait jamais faite dans sa vie a été de l'épouser. Il a grossi, est devenu laid, vieux avant l'heure, fatigué, malheureux. Non, je ne m'en réjouis pas. Juste un peu, allez, je ne suis pas une sainte non plus. Mais c'est triste. Je pense encore parfois à le sauver de cet enfer. J'aimerais qu'une dernière fois encore il puisse lire son nom écrit dans mon dos. Un tatouage comme lui, délavé, abimé par le temps, meurtri, effacé. J'aime penser que c'est le vieillissement du tatouage qui l'a rendu comme ça. Que s'il était resté avec moi, et que j'avais nourri notre amour en retouchant l'encre de ces mots sur ma peau, il serait encore jeune et beau, mystérieux et sans amour à montrer. Mais cela n'arrivera pas. Aujourd'hui, je suis ici pour résoudre ce problème. Une énorme tache noire, comme un nuage d'orage. C'est ce que je veux à la place de ces mots horribles qui m'ont tant fait souffrir, et que tu as tatoués sur moi il y a si longtemps. Et moi qui ai tellement voulu être aimée, ou dupée sur le fait d'être aimée. Alors, après m'être souvenue et t'avoir raconté comme quelqu'un qui avoue l'horreur et l'échec de mes preuves d'amour, je veux que ces deux mots, ces deux horribles mots qui ont tellement marqué ma vie et mon corps, depuis trop longtemps et inutilement, je les veux couverts par un nuage d'oubli, un nuage noir, avec des éclairs et de la pluie, pour que cet homme disparaisse de ma vie pour toujours, et ce nom que, par l'encre et le sang, je n'ai jamais pu oublier, Romualdo Ângelo. (bruit de dermographe).

Bien moins qu'un poulet

Je coupe le cou des poules. C'est ce que je fais. Chaque jour, je coupe deux mille cous. Je les tiens par la tête et je passe le couteau en prenant soin de ne pas les décapiter complètement. C'est comme ça que je gagne ma vie. C'est ça mon uniforme, du sang partout. C'est ça mon bureau, avec un convoyeur de poules qui passe sans interruption pendant que je les décapite. (pause) Et je n'aime même pas la poule. Quand un petit ami me demande ce que je fais dans la vie, je suis obligée de dire que je travaille dans le secteur des poules. Des poulets, demande-t-il. Non, des poules ! Elles ont l'air plus petites quand je les appelle ainsi, moins importantes. Prendre la vie d'un poulet est beaucoup plus grave que celle d'une poule. On n'a pas beaucoup de peine pour une poule, mais un poulet a quelque chose de noble, sans que j'arrive à dire ce que c'est. Je travaille dans le secteur des poules. Et tu fais quoi exactement, demande-t-il. Je travaille sur l'une des premières étapes de l'emballage. Oui, parce que les poules doivent être mortes pour être emballées, n'est-ce pas ? Il est presque satisfait. Mais je n'ai jamais compris pourquoi les hommes sont si curieux. Il demande à nouveau : Non, mais tu fais quoi exactement, tu emballes, tu nettoies, tu balayes le sol, tu gères la production ? Mon chéri, dis-je, je tue des poules. Je les découpe et je les fais se vider de leur sang par leur cou entaillé, blessé par ma lame. Je mets fin à cette courte petite vie de merde, je découpe en moins d'une demi-seconde et j'essaie d'éviter que le sang gicle dans mes yeux. Oui, mon amour, je tue des poules. Je les lacère avec mon couteau, je tiens leur tête et dans un geste plus mécanique qu'impulsif, je leur coupe le cou. Tu es content maintenant, de ma réponse concluante et objective sur ma profession, mon chéri ? (pause) Ce sera difficile de trouver un homme comme ça. Je ne sais pas, peut-être qu'un boucher tomberait amoureux de moi. Et puis, il va me demander, tu connais tout le travail de préparation de la viande ? Non, je ne tue que des poules. Des poulets ? Non, vraiment, des poules, du genre le plus méprisable. (pause) J'avoue que je n'avais pas imaginé cela pour ma vie quand j'étais enfant. Maman, maman, quand je serai grande, je veux être une tueuse de poules. Bien sûr que non. Ce n'est pas ça que j'imaginais pour moi-même. Je voulais quelque chose de plus grand quand j'avais encore des rêves. (Je plaisante) Tuer des porcs. Bien sûr que non. Pas dans ce sens. En fait, je n'avais pas beaucoup de rêves professionnels en ce temps-là, non. Je n'ai jamais voulu être médecin, par exemple. Et à l'époque, je disais que c'était parce que j'avais peur du sang. Avocate ? Je préfère extirper le sang des poules uniquement. Non, je n'avais pas beaucoup de prétentions pour moi. Ce que je voulais vraiment, mais vraiment, c'était me marier. Rien de grand, sans trop de faste ni de luxe. Barbecue, boissons, invités ... Non, rien de tout ça. Je voulais juste un homme pour moi, deux enfants et m'occuper de la maison. Ce n'était pas trop demander, non ? C'était si peu, si simple ... Et qu'est-ce que je fais aujourd'hui ? Je tue des poules. Quel homme voudra d'une femme qui tue des poules ? Chéri, achète-moi une crème bien parfumée pour faire partir l'odeur de sang sur mes mains ? Ce n'est pas du tout romantique, n'est-ce pas ? Mais je ne perds pas espoir. On ne sait jamais, n'est-ce pas ? Tous les goûts sont dans la nature. Un homme qui serait incapable de se moquer de moi pour ma profession. Il ne tolérerait jamais de petites blagues comme « Tu as déjà tué notre dîner aujourd'hui, ma chérie ? » ou « Chérie, tu peux me prêter ton uniforme pour une soirée déguisée ? Je vais me déguiser en tueur en série

». J'avoue, je tuerais quelqu'un juste en entendant une telle chose. Pourquoi ne pas aller se moquer des professeurs ? On pourrait leur dire, à quoi bon tant d'études si la tueuse de poulets gagne deux fois plus avec moitié moins de charge de travail et juste un couteau ? Non, on ne devrait pas faire ça. Chaque profession a sa dignité, les éboueurs, les professeurs, les maquilleurs de défunts, les plongeurs d'égout, les prostituées, les dégustateurs de bière, les reconstructeurs d'hymen, tout le monde. Et même moi, qui tue des poules. (pause) Une fois j'ai entendu dire que les gens qui exercent ce type de profession, comme l'abattage à l'échelle industrielle, le démembrement et l'éviscération des animaux, finissent par tomber malades. Ils finissent par avoir des problèmes dans la tête. Il y en a qui commencent à tester leurs techniques de dépouillement et de désossage sur des personnes. D'autres qui perdent la notion de ce qu'est un animal et de ce qu'est quelqu'un. Je suis quelqu'un. Une poule n'est personne. Les animaux ne sont pas des êtres humains, ils n'ont pas la même valeur, et c'est pour ça qu'ils doivent être tués pour satisfaire notre faim, que des gens qui sont quelqu'un. Je n'ai aucun remords pour ce que je fais. Je sais que chaque fois que je tue une poule, quelqu'un va bien manger. C'est bien, non ? Soutenir les abattoirs avec notre faim est un bon moyen de créer des emplois. Des emplois comme le mien dont, parfois, quand il n'y a pas d'homme dans le paysage, je suis même fier. Vous n'êtes pas pressé, non ? Tuez des poules ... Mais comment j'en suis arrivée là ? Vous comprenez, n'est-ce pas ? Ce n'est pas de ma faute. D'une manière ou d'une autre, les choses se sont organisées pour cela. J'ai en quelque sorte suivi le mouvement, le vent en poupe, à la faveur du courant ... Mais la vie ne doit pas toujours être ainsi. Je peux choisir d'autres choses maintenant. Je peux choisir mon cap. Je tue des poules, c'est vrai. Mais je n'ai pas besoin de faire ça pour toujours. Je peux commencer à tuer des porcs. Je rigole. Assez de sang dans ma vie. J'ai presque envie de ne plus jamais manger de viande. Presque. Je pense parfois ... Parfois non, je pense presque toujours à retourner à mes rêves d'enfance. Je veux encore avoir un mari. Des enfants. Ce n'est pas trop demander, non ? Je sais qu'il y a beaucoup de femmes qui trouvent ça horrible, un truc de vieux et tout ça. Mais ces pauvres filles finissent toujours par se marier, voyons donc. Et si elles ne se marient pas, elles ont au moins un enfant. Je pense que, je ne sais pas, ça fait peut-être partie de la vie, une sorte d'instinct, comme l'instinct d'un animal, comme une poule qui se débat furieusement comme si elle allait échapper à la mort après que je lui ai coupé le cou. Je sais que cette histoire de tuer des poules m'a peut-être fait du mal. Qu'il me faudra peut-être du temps pour oublier tout ce sang sur mes bottes, sous mes ongles, dans mes pores. Mais il n'est rien qui ne puisse être effacé par le temps. Tout peut être guéri par le temps, non ? Presque tout. Vous n'êtes pas obligé de partir maintenant. Je pense qu'avec le temps, nous pourrions mieux nous comprendre. Je ne sais pas, nous comprendre vraiment, vous savez ? Je travaille seule, vous savez ? Je suis seule dans une salle pendant que les poules passent la tête en bas sur un convoyeur pour que je fasse mon travail. Je vis seule aussi. Je reste dans ma chambre à regarder la journée passer quand je ne travaille pas. Et je regarde des comédies pour passer le temps. Je n'aime pas les films de violence, je suis comme ça, sensible. Aussi sensible que quiconque. Et je ne cherche pas toujours quelqu'un. Je n'ai pas cherché quelqu'un depuis longtemps. C'est peut-être pour ça que je m'ouvre à vous maintenant. Je parle trop, je dis des choses que, je ne sais pas, je ne m'étais même pas rendu compte que je pensais ... Mais je pense, tellement que j'en parle, n'est-ce pas ? Du calme, ne partez pas tout de suite. Je n'ai pas encore fini. Les gens pensent que juste parce que je tue des centaines de milliers d'animaux par an, je n'ai aucun sentiment. J'en ai. J'en ai si, comme tout le monde. Je souffre aussi, je ne suis pas une machine. Dans mon travail, on nous oblige à voir des psychologues comme vous tous les mois. Je raconte tout. Je ne cache rien. Aussi pour qu'ils ne pensent pas qu'on devient fous en voyant autant de sang. Ils ont peur qu'on perde notre sensibilité. Mais pas moi. Je sépare très bien les choses. Je suis seule, c'est vrai, mais ça ne veut pas dire que je ne suis pas capable d'aimer. C'est comme s'ils pensaient qu'à tout moment je pourrais prendre un couteau et couper la gorge de quelqu'un. Je vous l'ai déjà dit, je ne tue que des poules. Elles ne représentent rien. Tuer une personne, un homme, comme vous, ce serait comme tuer un poulet. Je ne pourrais pas, vous comprenez ? Je ne tuerais jamais un poulet, ni un homme comme vous. Les poulets ont quelque chose de noble qui me désole, je vous l'ai déjà dit, n'est-ce pas ? (pause) Mais attendez encore un peu. Non, ne partez pas si tôt. Je suis si seule, s'il vous plait, ne me laissez pas. Je vous ai raconté toute ma vie, s'il vous plait, restez avec moi. (pause) Vous êtes bien moins qu'un poulet !

La femme aux fleurs

J'aime les fleurs. Depuis toute petite, j'ai toujours aidé ma mère avec elles, je me suis prise d'amour pour le jardinage. Je travaille la terre, j'enfouis mes doigts bien au fond des cavités humides, noires, et je sème chaque graine avec précaution. J'attends toujours qu'elles poussent comme si elles étaient des bébés. Et mes bébés grandissent. Le monde coloré et épineux des fleurs m'émerveille complètement. Certaines sont vénéneuses et d'autres possèdent un parfum qui enivre. J'adore inhaler le parfum des fleurs. Être ivre de parfum, n'est-ce pas beau? Et j'aime les parfums. J'aime surtout les hommes parfumés. Suffisamment mais pas trop non plus, pour ne pas avoir à être en compétition avec mon jardin. Ce qui est drôle, c'est que je n'aime pas recevoir de fleurs. L'idée que quelqu'un ait tué tant de boutons juste pour me voir sourire me rend folle de rage. Non, pas tant que ça en fait, je ne cède pas à ces excès-là. Je suis une jeune femme très gentille, comme vous pouvez le constater. J'ignore le pourquoi de toutes ces questions. C'est comme si vous me perceviez comme quelqu'un que je ne suis pas. Je suis tellement simple, tellement moi-même, tellement à moi, tellement petite, tellement fraîche et délicate comme une goutte de rosée sur un pétale. Je sens que je peux même m'évaporer par tant d'insignifiance. Et c'est pour ça que je ne comprends pas votre méfiance. Qu'est-ce que vous croyez? Que je polluerais mon jardin avec des graines de colère? Jamais, nous ne devons jamais être en colère. La rancœur est quelque chose d'assez néfaste. Je pense toujours que, je sais que c'est comme ça, nous ne devons pas souffrir. Nous devons couper le mal à la racine. Vous avez compris? Couper le mal à la racine. D'un geste, comme on arrache un fruit ou deux fruits. Le monde est rempli d'excès et je suis simple comme le nectar, je laisse le monde se nourrir de moi pour que, quelque part, surgisse le miel. N'est-ce pas beau? Je ne comprends pas cette méfiance. Si mon mari est parti, que puis-je faire? Certes. Mes maris, mes deux beaux maris. Vous le savez, les choses ne tournent pas toujours rond. Le monde s'écroule sur nous quand nous vieillissons, c'est inévitable. Je sais que je suis encore jeune, mais ils trouvaient que je ne l'étais pas suffisamment. Je pense que c'était la raison, du moins. Je ne suis pas coupable qu'ils aient disparu sans laisser de traces. Les pétales sont emportés par le vent, leur parfum s'évanouit à la première brise, pourquoi donc mes maris n'auraient-ils pas pu connaître le même destin et disparaître comme s'ils n'avaient jamais existé? C'est tellement beau, tellement poétique de disparaître. Je voudrais également disparaître comme un parfum qui se perd dans les airs. Sans marques d'épines, sans la feuille sèche de mon corps qui se décompose sur le sol humide de mon jardin. J'aime ce jardin. Et ce que vous demandez n'arrivera jamais. Savez-vous avec quel engrais je rends mes fleurs si belles? C'est avec ma sueur. La sueur de mes doigts qui se faufilent dans les cavités les plus noires de ma terre humide. Jamais, vous n'allez jamais faire ce que vous prétendez. Aucune raison au monde ne justifie l'atrocité à laquelle vous aspirez. Ce jardin n'est pas seulement mon refuge, mon travail, ma passion, ma consolation, ma paix et ma joie, c'est aussi ma vie. Je connais chaque pétale, chaque épine, chaque odeur. ..Non! Je ne le permettrai jamais. J'ai toujours aimé mes maris, j'ai toujours été douce, gentille. J'ai toujours cédé à toutes leurs volontés. Ici, sur cette terre humide, je me suis rendue, encore et encore. Nous nous écorchions sur les épines des roses, et je restais muette quand, voluptueusement, nous cassions une feuille, une branche, un vase. J'étais exemplaire, un modèle d'humilité, de résignation, et même de soumission. J'acceptais tout avec amour à partir du moment où mes fleurs resteraient sous mes soins. Ainsi, j'arrivais à les aimer comme ils étaient. J'aimais y compris la brutalité, l'inconscience, l'odeur de la chair masculine, transpirante et rugueuse comme un tronc d'arbre recouvert de mousse. Je caressais cette mousse épaisse de leurs cuisses, je mordais le bois noueux de leurs bras. Et je gémissais doucement comme une vierge. Je gémissais comme si j'étais une fleur munie d'une voix, sur laquelle les abeilles avides de nectar me pénétraient avec leurs pattes, leurs dards. Mais ce n'est pas tout le monde qui apprécie tant de douceur tous les jours. Et moi, sans le vouloir, sans pouvoir l'éviter, je suis comme ça, gentille. Gentille, gentille, gentille jusqu'au désespoir, jusqu'à l'horreur de l'amour en excès, servile, épais et coloré comme le miel, ou la boue. Et maintenant, après tout ça, vous me dites que...Vous venez ici et vous m'accusez de...Je ne peux prononcer une telle barbarie. Votre présence est une insulte dans ce sanctuaire qu'est mon jardin. Lavez vos pieds pour marcher sur cette terre sacrée. Avez-vous conscience du miracle que constitue l'éclosion d'une fleur? Des souffrances que j'endure pour que chaque épine défende sa rose? Et vous venez me dire que...Vous ne comprenez rien. Vous ne savez rien de mon jardin! Je m'en occupe depuis que je suis petite. Cette terre et ces fleurs étaient bien plus que mes jouets, elles étaient mon univers. Je n'ai jamais eu besoin d'amis, de parents, d'amants. J'avais tout, rien qu'en étant ici. Et je l'ai toujours. Je me rappelle que ma mère m'avait acheté un canari pour que je ne reste pas si seule. Elle me trouvait triste, mais comment une orchidée peut-elle être triste? Je n'étais pas triste, je ne faisais que...fleurir. Je n'avais pas besoin de cet oiseau-là. Par contre lui, si, vivait triste et solitaire dans sa cage minuscule, et peut-être pour cette raison, un jour il s'est arrêté de chanter. Ma mère a toujours été une personne pratique, elle apercevait toujours l'utilité des choses. Je suis exactement comme elle. J'ai toujours vu le côté pratique des choses. Un petit oiseau qui ne peut pas voler, ne peut ni se reproduire ni chanter, à quoi sert-il ? Il était beau, mais la beauté en soi sert-elle à quelque chose ? Ce silence-là était presque une ingratitude envers ma mère. Les fleurs étaient si belles et ce silence-là, cet oiseau muet, mélancolique, troublait le bourdonnement joyeux des abeilles, le bruissement léger des papillons. Je lui ai accordé un moment, j'ai essayé de l'aider. Je l'emmenais au soleil, à l'ombre, sous le vent, mais rien : muet comme un sac d'engrais. Un jour le silence était tel qu'on pouvait écouter les pétales tomber sur le sol. Cet oiseau silencieux, triste, était de mauvaise augure, il ne méritait pas le privilège de vivre dans mon jardin. Depuis sa cage, je l'ai délicatement saisi. Avec son petit cœur qui battait la chamade, là dans ma main, il paraissait vouloir s'envoler à travers mes doigts. Je l'ai serré, essayant de lui arracher quelque bruit. Il a ouvert le bec un peu essoufflé mais sans émettre aucun piaillement. Tellement beau mais muet. Chante ! Chante maudit oiseau ! Lentement, très lentement, je l'ai serré dans ma main. Son bec entrouvert donnait l'impression qu'il disait quelque chose avec ses respirations saccadées, mais pas un son, pas un misérable piaillement provenant de sa gorge minuscule de canari. Il était tellement mou et silencieux. Ça donnait envie de le serrer encore plus. Le battement presque inaudible de son petit cœur, le seul bruit que ce petit être misérable était capable d'émettre, s'accélérait de plus en plus. Lentement, comme une seule feuille sèche d'automne qui se détache de l'arbre, tout est devenu encore plus silencieux et peu à peu, ce petit être à la chaleur agréable s'est refroidi dans ma main. Je l'ai montré à ma mère et elle a regardé un peu effrayée ce petit être silencieux et aux yeux écarquillés. Elle l'a regardé d'un air très sérieux, vraiment sérieux, et a dit : maintenant il a une bonne raison d'être silencieux. Et nous avons ri. Elle était comme ça ma mère, pratique. Elle voyait toujours le bon côté des choses. J'ai hérité d'elle. J'ai enterré le pauvre animal près d'un parterre de pensées. Je trouvais que les pensées méritaient un silence comme ça pour être heureuses, un silence d'animal mort. Et il est encore là aujourd'hui, inchangé, développant ses racines de tant de mutisme. Mais ce fait est une chose et vous en pensez une autre, très différente. Cet oiseau-là était d'une pureté exemplaire, c'était un sage en quelque sorte, je comprends ça aujourd'hui. Il avait cette sobriété tranquille des contemplatifs. Mes fleurs devenaient plus nobles ayant parmi leurs racines ces plumes et ces os silencieusement sanctifiés. Mais ce que vous insinuez, jamais ! Je ne polluerais jamais cette terre bénie avec le péché de ces corps. Jamais ! Ce serait immoral ! Et quand je dis corps, je veux parler de l'éventualité de ces corps sur cette terre imbibée du parfum des pétales fanés. Comme engrais, ils ne donneraient rien de plus que des mauvaises herbes. Ils étaient impurs, indignes de mes racines. Ils déambulaient à travers mon jardin avec leurs bras désarticulés, heurtant les boutons de rose et ébrouant ces gouttes de sueur imbibées de l'odeur masculine qui contamine jusqu'au lys le plus pur. Oui, je les aimais. Mais combien de personnes aiment les plantes carnivores, les cactus, les fleurs vénéneuses, les serpents, les insectes, et même comme ça, ce sont des personnes respectables ? J'étais comme ça, je les aimais comme des insectes. Comme des insectes pollinisateurs. Mais ils n'étaient même pas capables de ça. Où se trouve le pollen dans mon ventre vide de bourgeons ? Allons, dites-le-moi ? Je suis jeune mais vous savez, même les fleurs ont leur temps. Et mon temps geignait comme un faux-bourdon prêt à être sacrifié par la reine. Où est mon pollen ? Je leur criais après. Ils ne faisaient que m'inonder de leur sève infertile. Mon premier mari. Il venait d'une grande fratrie. Il était à parier qu'il soit également doté de l'élan animal de procréation de son espèce. Mais vous savez à quoi il ressemblait ? Au petit oiseau. Jaune, petit et silencieux. Ses yeux bleus étaient beaux, et les yeux de nos enfants auraient été beaux s'il eût été capable d'en faire au moins un. Mais le pauvre, il n'avait la force de rien. Il n'a jamais soulevé une paille sans que je lui demande. Il sirotait une liqueur sur le perron, silencieux comme la sève d'un arbre qui descend par l'écorce jusqu'à se solidifier sur le sol. Je lui demandais de planter. Et lui, très lentement et silencieusement, prenait l'outil et creusait dans la terre humide. Il creusait, creusait, creusait jusqu'à ce qu'il forme un trou dans l'herbe épaisse de mon jardin et laisse là quelques pauvres graines qui ne donnaient rien. Il restait là, creusant sans faire de bruit. Et moi ici, de dos, avec mes mains dans la terre gelée et lui derrière moi, transpirant comme un sac d'engrais au soleil, sans aucun gémissement, exhalant un miasme répugnant d'engrais cuit au soleil. Avec le temps, même ces inutilités m'ont fatiguée. Quand est-il parti ? Je n'ai même pas remarqué. Il paraissait transparent tellement il était silencieux. Quand je m'en suis rendue compte, ça faisait des mois que je ne le voyais pas. C'est mieux comme ça, sans appels et souvenirs d'horizons. Juste une stupeur légère d'une mémoire qui s'évanouit comme de l'eau dans des sillons. Je me rappelle plus des yeux bleus des enfants que nous n'avons pas eu que de lui. Mais que faire ? J'avais besoin du pollen pour les rainures de mes pétales et ce qui me reste c'est la mémoire d'un homme transparent. Plus rien n'est resté, rien d'autre que mon jardin. Mais il se trouve que même la fleur la plus luxuriante fane si elle n'est pas arrosée. Et j'avais besoin de quelqu'un pour humidifier mes racines, et une sécheresse interminable paraissait s'annoncer à l'horizon. C'est alors qu'un jour, un homme est apparu au portail. Vêtu de haillons, sentant la sueur sèche, il demandait du travail. J'ai immédiatement su ce qui allait se passer. Différent de la blancheur de mon mari, il était basané comme du bois noble. Quels bras mon Dieu, quels bras d'arbre il avait ! La première fois qu'il m'a prise, j'ai pensé que j'allais mourir baignée dans sa sève. Il était rugueux comme le gravier, lourd, il n'avait rien de bois, il était de pierre.

Quand je m'en suis aperçue, nous saignions parmi les épines des rosiers. Quand je m'en suis aperçue, cette main pleine de branches fouettait mon visage. Ces yeux de jabuticaba paraissaient ne pas avoir de noyau. Ils fixaient mes hanches comme si j'étais un bœuf de labour. Le temps a passé et nous sommes restés ensemble. Je me suis habituée à la brutalité, à la force de ces jambes, de ces doigts de celui qui porte le monde dans ses mains. Un jour, il m'a poussée contre les vases et un débris m'a entaillé la jambe. Même comme ça, en sang, il m'a couchée sur la terre renversée. J'ai pensé que j'allais mourir, mais un souffle de floraison s'est emparé de moi. En sang, je lui en demandais toujours plus, plus, plus...Et cette force du début, cette robustesse du tronc n'a pas réussi à être la paire pour la terre fertile de mon ventre, assoiffé de sève pour mon suc. Il a commencé à se courber comme un bambou sous le vent. Avec le temps, même en le forçant comme une baguette qui force le torse du bœuf sous la charrue, il s'arrêtait, épuisé, sous l'ombre de mon feuillage. Encore une fois, mes graines n'avaient pas de nutriments pour germer. Qu'est-ce que vous auriez voulu que je fasse ? Que je ne laisse pas le bourgeon de mon existence au jardin du monde ? La force de mon désir a dénudé sa faiblesse et, humilié, rendu comme une branche cassée, il est parti. Ils sont partis, ils ont disparu comme des exemplaires inaptes à l'évolution de l'espèce. Je peux dire que oui, ça a été l'œuvre de la sélection naturelle. Ce sont les lois de la nature. Sans laisser de traces, comme s'ils n'avaient jamais existé, mes hommes infertiles se sont évaporés comme la rosée aux premiers rayons du matin. C'est beau de penser comme ça. Que leur disparition a servi à un avenir rempli d'individus plus capables. Je n'ai rien à voir avec ça, je ne suis pas responsable. C'était une action de la nature pour le développement de l'espèce. Nous aussi sommes comme un jardin. Un jardin très mal entretenu, mais cependant un beau jardin. Le monde devrait me remercier pour mon talent de ne laisser germiner que les meilleures graines. Tailler, couper les branches sèches pour une plus belle floraison, voilà mon talent. Vous devriez me remercier pour rendre cet immense jardin un lieu plus propice à la beauté, à la perfection, aux fleurs et aux graines sans cesse meilleures. Et ne pas me menacer avec vos suspicions, comme si j'étais capable de contaminer mes fleurs avec ces muscles incapables de produire une graine. Vous n'allez plus jamais, plus jamais, toucher mon jardin avec ces, ces, ces outils monstrueux. Mais quoi ? Arrêtez ! Lâchez ces pelles ! Non, personne ne touche mes fleurs. Vous allez devoir d'abord creuser mon corps. Creusez-moi ! Lâchez ça ! Sortez de mon jardin ! Lâchez-moi ! Enlevez de moi vos mains de branches sèches ! Arrêtez ! Non ! Non ! Mes fleurs, non ! Mes fleurs ! Mes fleurs...

Suite n°2

(Sur une chaise, presque immobile. Suite n°2 en ré mineur pour violoncelle seul de J. S. Bach (BWV 1008). 1er mouvement augmentant progressivement le volume jusqu'à ce qu'il devienne presque assourdissant. Cesse brusquement).

Suite n°2 pour violoncelle seul. Ré mineur, Johann Sebastian Bach. Au début, cela semble triste, mais c'est bien plus que cela. Le premier mouvement est d'une telle mélancolie, si accablant qu'il en est presque funeste, austère, funèbre. Mais même ainsi, c'est tellement beau que ça me donne envie de pleurer. On dirait une tempête qui approche, avec des éclairs et le vent sifflant à travers la cime des arbres. Si je pouvais choisir d'être une chose, ce serait cette musique. Mais il n'y a rien à faire, je suis juste moi-même. Aussi simple que cela, presque un silence. Mais parfois, quand j'entends ces accords, il semble que pendant un instant j'arrête d'être moi, et je deviens comme ce son qui me traverse, invisible et dense, sans corps, mais capable de m'enterrer comme une avalanche, d'incendier mon âme sans même faire vibrer ma peau. J'ai l'impression d'être comme cette suite, lente et dense, obscure. Je ne pense pas que ce soit étrange de dire cela. Tout le monde est dense parfois. Pas triste, la tristesse, c'est autre chose. Dense, vraiment, se déplaçant lentement comme la sève qui coule dans un arbre, vivant et plein d'odeurs comme le fluide visqueux qui coule le long de l'écorce jusqu'à ce qu'il se solidifie complètement, ou meurt comme une goutte jaunâtre et solide dans le sol empli de ses propres racines. N'avez-vous jamais ressenti cela ? Presque stagnant, vous déplaçant lentement vers le sol ? Dans votre travail, de me regarder mourir lentement, d'accompagner mes jours de silence et d'immobilité, ne ressentez-vous pas ça en assistant à la lenteur de ma disparition, de ma solidification dans cette écorce inerte qui est devenue mon corps ? Je me sens toujours comme ça. Tous les jours. Presque immobile, descendant lentement comme la sève qui suinte de ce bois pourri, descendant, descendant jusqu'à ce que le sol me consume comme un arbre qui saigne, qui s'écoule jusqu'à ce qu'il se vide. Ce n'est pas une mauvaise chose, je suis comme ça c'est tout, je m'éteins avec les jours. J'aimerais parfois être plus heureuse, dire des choses plus joyeuses, mais on oublie si vite la joie qu'on dirait que ça ne vaut même pas la peine de dire quoi que ce soit. C'est comme si la vie s'éteignait sans être perçue, avec notre visage tombant en morceaux aussi légèrement que la fumée qui se répand dans l'air. Comme j'aimerais recommencer à fumer. Aspirer le feu si fort que j'entendrais la combustion du papier brûler fort dans mes tempes. Fumer dans les coulisses, avant d'entrer en scène avec mon violoncelle, la fumée se mêlant à l'odeur de bois et de poussière derrière les rideaux, le bruit du public impatient et son silence brusque après le premier accord, les applaudissements comme une avalanche de son après mon épuisement, et après cela, après cette fatigue pleine de fierté, fumer à nouveau, avec plaisir et sans culpabilité. Les dîners, les bars après les représentations, le murmure des voix, le brouhaha, les rires et la musique des cafés en ces nuits de gloire déjà si enterrées et pourries de souvenirs qu'elles n'ont d'importance que pour moi. C'est lors d'une de ces nuits heureuses, dans un de ces pianos-cafés, que je l'ai rencontré. Il jouait maladroitement, un peu ivre, mais magnifiquement. Un musicien populaire et un concertiste, vous imaginez ? Nous avions tant à apprendre l'un de l'autre, tant à discuter et à débattre. Nous percevions la musique de manières opposés, nous nous détruisions avec des théories et nous nous aimions en nous surprenant l'un et l'autre lorsque nous jouions ensemble. Ce fut incontrôlable, irrésistible, cela n'aurait pas pu ne pas arriver, cela ressemblait au destin souriant avec malice, comme quelqu'un qui garde en secret la catastrophe à venir. Ce fut la joie de ma vie, et aussi son côté le plus ténébreux. Vous avez une cigarette, s'il vous plaît ? Je sais que je ne peux pas ! Mais ça ne coûte rien de faire appel à votre sens de l'humanité, à votre condescendance envers moi, dans mes derniers instants. Je sais, je sais. Cela ne servirait à rien. Aucun soulagement ne fonctionne plus. Seul le sommeil, seulement dormir sans rêves, comme un bâton. Ça aide, mais seulement pendant que je dors. Il me faut tellement de temps pour m'endormir. Je veux dormir le plus longtemps possible, le plus vite possible, sans me voir m'endormir, sans que le cauchemar d'un soleil matinal me vole l'inconscience et le silence qui me soulagent. Je veux dormir vite, vous comprenez ? Rapidement et inconsciemment comme un clin d'œil. Mais le temps met tellement de temps à passer. Je vais bien, ce n'est rien, ce n'est rien. En d'autres temps, j'y arrivais sans efforts. Je passais à autre chose, et la vie continuait. J'avais mon violoncelle, mon mari ivre. Aller de l'avant. (pause, long silence) En avant vers où ? Pouvez-vous jouer à nouveau pour moi ? Bien sûr, il ne vaut mieux pas. Ce n'est pas une occasion pour la musique dans laquelle nous nous trouvons. Et j'adorais la musique. Mon Dieu, comme j'aimais cela. La musique était tout pour moi, ma vie, mon plaisir, mon travail. Ça n'a jamais été un caprice, un passe-temps, c'était de l'oxygène. Ce n'est pas tout le monde qui comprend qu'il ne s'agit pas d'un plaisir superficiel, d'un simple divertissement, mais bien de survie. C'est ma façon de comprendre le monde, ma façon de rendre la vie plus supportable. Je sais qu'il y a des gens pour qui la musique n'est que du bruit, qui ne s'émeuvent de rien. J'ai peur de ces gens, j'ai très peur. Une telle personne me laisserait certainement mourir en silence, seule, dans l'obscurité de la douleur et de l'impuissance qui sont maintenant presque tout ce qu'il me reste. Quelqu'un comme ça ne comprend tout simplement pas qu'il y a une sorte de recherche de l'inconnu, du mystère qui semble nous murmurer que jamais, jamais nous ne serons assez. Vous aimez la musique, n'est-ce pas ? Mon mari n'embaucherait jamais quelqu'un qui n'aime pas la musique pour s'occuper de moi. Mon mari, vous savez, n'est-ce pas ? Je me suis mariée parce qu'il aimait aussi la musique. C'était peut-être ça. Nous ne nous aimions pas pour de vrai, mais nous aimions quelque chose en commun, ce qui est déjà plus que ce que beaucoup ont. Ce fut assez, pendant un temps. Petit à petit, j'ai délaissé les concerts pour jouer ses compositions. Nous créions bien ensemble, il composait et j'arrangeais. C'était beau, vendable, comme il disait. Nous jouions lors d'événements, de festivals, d'émissions de télévision. Tout cela m'amusait, me rendait même heureuse, mais un immense vide a commencé à se former en moi. Les études, les collègues de l'orchestre, les voyages, les théâtres me manquaient. Le défi, la peur de m'aventurer dans une nouvelle symphonie me manquaient. Mais il était si heureux, et il semble qu'au fur et à mesure cela me satisfaisait. Les fêtes, les bars. Il buvait et devenait un peu idiot avec les autres femmes, j'étais morte de jalousie, de colère. Il était comme un enfant, s'amusant et jouant dans un grand parc, et je ressemblais à une vieille tante qui veillait à ce que le garçon espiègle ne se blesse pas. Parfois, il revenait tellement ivre qu'il me criait dessus, et une fois il a donné un coup de pied dans mon violoncelle. Il a dit que j'aimais plus l'instrument que lui. Et je lui ai dit que c'était un amateur. Il m'a giflé si fort que mes oreilles ont bourdonné pendant des semaines. Il ne m'a jamais pardonné, il semblait me détester après ça. Moi aussi je voulais le haïr, mais je n'y arrivais pas. Parfois, je pense que c'était la peur de l'échec. J'ai toujours tout réussi dans la vie, je ne me permettrais pas d'échouer en amour. L'amour... Si c'était une question de répétition, si je pouvais étudier l'amour comme on étudie une partition... Mais les temps de l'amour sont instables, il est poly-rythmique, désaccordé sans fluctuation de température, de nulle part, comme si les cordes s'effilochaient de leur propre chef. On dirait que je revis chaque fois ce moment, que, le sourire aux lèvres, nous échangeons un regard. Ce premier sourire, d'une complicité à peine présumée, semble renforcer mes muscles même maintenant qu'ils sont inutiles. C'est comme si une vigueur inconnue, encore forte et chaude, parcourait mes veines comme dans une passion adolescente. Je me rappelle, et je m'accroche à ce souvenir comme dans un dernier souffle, de cette étrange sécurité qui se construit lorsque l'être cher correspond à notre regard. J'ai toujours été timide et faible, mais en ce premier instant, lorsque je me suis sentie désirée par l'homme que je voulais, je suis devenue une déesse. Je n'ai jamais oublié cette sensation, et je pense que c'est pour cela que je ne l'ai jamais quitté. C'est comme vivre dans un passé heureux, m'accrocher à une époque qui ne semble exister que dans ma mémoire, si réel, si parfait, qu'il semble parfois que j'ai tout imaginé, que tout cela est une idéalisation adolescente et puérile. Mais c'est une idéalisation si intense, que même mes cuisses mortes ressentent encore ces caresses effrontées, douces et pleines de désir qui m'ont fait frissonner dès la première fois que nous nous sommes touchés. (pause) Et tout s'est passé si lentement que je ne l'ai même pas remarqué. J'ai progressivement commencé à perdre la fermeté de mes mains. Je perdais l'équilibre, la force dans mes jambes, dans mes bras. Durant l'une de nos représentations, je suis tombée sous les yeux du public. Ce fut une agitation, tout le monde était inquiet et je riais, je pensais que ce n'était rien, que j'avais juste trébucher. Je riais, je riais un peu par désespoir, mais mon mari ne riait pas. Il a toujours été un homme pratique. Pratique dans la vie, la musique et l'amour. Il voyait que je n'avais plus la même force pour porter mon violoncelle, il me voyait faire tomber les couverts, casser des verres et rire comme si c'était juste ma maladresse habituelle. Il voulait que j'aille faire des examens, mais j'avais tellement peur, qu'est-ce que ça pouvait être, mon Dieu ? Pendant l'une des répétitions, je n'ai pas pu retenir ma vessie, je me suis levé mouillée, honteuse et très effrayée. Il m'a accompagné lors des premiers examens, et il savait que c'était quelque chose de grave, qu'il ne pourrait peut-être pas supporter. Je voyais sa souffrance, son agonie, et je prévoyais en quelque sorte sa lâche trahison, sa misérable ingratitude, et après, peu après, son absence de plus en plus constante. Et le monde commença à faire mal. À faire très mal, comme maintenant. Je voulais sentir la moitié de la douleur. Comme mon corps, la moitié du corps. Mais ce n'est pas comme ça. C'est comme quand je jouais de mon violoncelle, c'était dans tout le corps. Ce n'étaient que mes doigts qui sentaient les cordes, mais à partir d'eux c'était tout mon corps qui se réveillait d'une profonde léthargie, et vibrait comme la peau d'un tambour sonnant fermement, résonnant dans tous mes os, ma chair, et j'étais toute entière en musique. Ainsi était ma douleur, intense et enveloppante comme la musique. Comblant chaque partie de mon corps, me rappelant chaque petit fragment de qui j'étais, pour ensuite être réduite au silence comme dans une marche funèbre vers ma propre immobilité. Aujourd'hui, je ne vibre plus comme un tambour, mais comme un fouet sur mon dos, faisant craqueler ma peau en lambeaux. (pause) Mon mari buvait et jouait du piano. Je jouais du violoncelle, seule. Nous avons fait des duos dans la vie et dans la musique, mais c'était toujours moi qui l'accompagnais. Je jouais toutes ses compositions, et il n'a jamais pu m'accompagner sur les musiques que j'aimais. Il ne fallait pas que ce soit parfait, cela pouvait juste être à la maison, juste pour notre propre plaisir, pour me plaire. Mais jamais, il n'a même jamais essayé. Les sonates pour piano et violoncelle de Beethoven, les quintettes de Brahms, l'Arpeggione de Schubert, toutes les musiques que j'aimais il les méprisait. Et je restais seule, me noyant dans le ressentiment, me vautrant dans la nostalgie d'une époque où le plaisir de ces musiques était une habitude. Parfois, il est besoin de si peu pour être heureux. Et parfois, ce tellement peu est nié de façon tellement constante qu'on se demande si c'est notre faute si les choses sont comme ça. Je pensais que la distance qui se formait entre nous, que le manque d'affection, parfois du minimum de considération, venait du fait que je n'étais pas assez bien. Peut-être que je n'étais pas heureuse de la façon dont il voulait que je sois, ou peut-être qu'il voulait quelqu'un de plus soumise, moins compétente dans le domaine dans lequel il avait choisi d'être bon. C'est comme si, même en étant à ses côtés lors de toutes nos représentations, d'une certaine manière, je ne sais pas comment, dans son esprit, j'étais sa concurrente. Ou peut-être pas, peut-être qu'il voulait juste une femme plus simple, plus jeune et avec un ventre fertile. Je ne sais pas, je ne le saurai jamais. Je vais mourir emprisonnée dans mon propre corps avec ce doute qui me tient compagnie. Et maintenant que je ne peux même plus respirer correctement, le souvenir de ces chansons qu'il n'a jamais jouées pour moi, de ces sons qui m'étaient tant refusés, semble disparaître comme si je ne les avais jamais entendus. Tout ce dont je me souviens, c'est de cette fichue musique, cette fichue suite qui me vole mes forces et me rend à la boue. Je donnerais n'importe quoi pour pouvoir la rejouer, pour me débarrasser de la malédiction de pouvoir simplement l'entendre. Je me souviens du jour, du moment exact où j'ai découvert ce que j'avais et que j'ai su ce qui allait arriver. Quand je suis rentrée chez moi, dans cette maison qui m'était toujours apparue comme un désert, mais qui maintenant se transformait en un marais qui me laisserait piégée, je n'ai pas réussi à pleurer. Je n'ai réussi à rien faire, j'étais immobilisée, paralysée comme pour préfigurer ce que serait ma vie à partir de ce moment-là. J'ai pris mon violoncelle, pris une profonde inspiration comme celui qui plonge, observé un silence accablant, plus que méditatif, un silence de canon chargé, un silence de potence, d'étouffement. J'ai fermé les yeux et ... (3e mouvement de la suite, interrompu brusquement). J'ai joué de manière destructrice. Chaque terreur et chaque espoir semblaient exploser sur chaque note, c'était comme si je pleurais, mais mon âme et mes yeux étaient secs. La main de mon mari a touché mon épaule. Doucement, comme quelqu'un qui caresse, mais avec la force de quelqu'un qui tient par le bras celui qui va tomber d'une falaise ou traverser une rue quand une voiture arrive. Et j'ai arrêté de jouer immédiatement. J'avais trop peur pour penser à quoi que ce soit. Mais avec ces mains sur mes épaules, je me suis sentie moins impuissante. C'était peut-être ça. Peut-être que si je n'avais pas arrêté de jouer, il serait toujours avec moi, et il serait là, me tenant la main. Mais cela n'a pas été le cas. Je n'y arrivais plus. Je n'ai pas réussi, vous comprenez ? Ça n'a pas marché ! Sans la musique, une partie importante de ce qui nous rendait forts ensembles s'est brisée. Nous n'étions pas un couple parfait, nous nous disputions toujours et restions très souvent distants, seuls dans nos propres mondes désolés. Mais quand nous jouions, quand nous travaillions sur une de ses compositions, un lien étrange se formait, il semblait que pendant quelques instants nous devenions une seule personne, respirant ensemble, au même rythme, connectés dans tous les gestes et toutes les pensées. Si ce n'est pas de l'amour, je ne sais pas ce que c'est. Mais je suis devenue de plus en plus faible, m'effondrant de l'intérieur, et quand j'ai vu nos mondes lointains et désolés, ils étaient devenus infranchissables. Nous sommes restés prisonniers de nos propres solitudes. J'étais devenue un fardeau trop lourd à porter. (pause) J'ai pensé pendant un temps que le souvenir de tout ce que nous avions fait ensemble serait suffisant pour nous permettre de rester unis, mais bien avant que tout cela ne devienne qu'un souvenir sans valeur, il pensait déjà à m'abandonner. Avant même ma maladie, il projetait déjà une nouvelle famille, et moi, condamnée et sur le point de devenir une incapable, je ne faisais déjà plus partie de son avenir. Je n'ai jamais soupçonné, je n'ai jamais pu imaginer que pendant que je faisais ces milliers d'examens, seule, lui, qui aurait dû toujours être à mes côtés, serait de moins en moins avec moi. Sa nouvelle épouse a eu un enfant quelques mois après notre séparation définitive. Et moi, qui perdais progressivement le mouvement de mes jambes, de mes bras, qui commençais à trembler de manière incontrôlable, qui ne pouvais même plus contrôler ma vessie, je n'ai dans ma vie jamais autant voulu avoir un enfant. (pause) Après son départ, il vous a embauché pour rester avec moi, pour m'aider dans les choses du quotidien, pour faire ma toilette. Peut-être par remords. Peut-être par vengeance, par vengeance de je ne sais quoi. Vous ne vous êtes pas encore lassé de moi ?

Chaque jour, en me nettoyant, en lavant mes seins avec du savon pour bébé, mes cheveux, ma bouche que je ne peux plus atteindre de mes propres mains. N'avez-vous jamais eu envie de poser vos lèvres épaisses sur ma bouche pleine de mots tristes ? J'aime quand vous me touchez, quand vous me lavez, quand vous me nettoyez. Je sens vos doigts forts, savonneux et lisses, me pénétrer presque, frottant en bas lentement et à plusieurs reprises. Je fantasme que je rends la monnaie de sa pièce à mon mari quand vous me voyez nue. Que vous me dopez jusqu'à l'inconscience, et me faites me réveiller sur le ventre, toute mouillée, mielleuse. Je rêve de votre corps transpirant de tellement me porter, vous couchant sur moi, pesant de votre fatigue et de votre sueur sur cette masse inerte, mais toujours vivante, qui insiste pour avoir encore un cœur. Vous ne ressentez rien pour moi ? Après tant d'années, tant d'intimité, ne ressentez-vous vraiment rien pour moi ? Je souffre de votre indifférence. Je souffre de ne pas pouvoir réagir à ce soubresaut que la vie m'a donné et qui m'a laissée ainsi, si inutile, si inintéressante, si incohérente dans mon corps qu'il ne sert même pas à attirer un homme qui pourrait tout faire de moi. Je sais comment c'est. Au début, c'était mon mari qui me transportait par-ci par-là, me nettoyait. Je pouvais voir de l'inconfort, du dégoût sur son visage. Comment ressentir quoi que ce soit en ayant ce degré d'intimité ? C'était trop pour lui. Avant tout cela, c'était déjà trop pour lui. Tout ce qui n'était pas en son avantage propre et exclusif était trop pour lui. J'ai découvert trop tard que je n'étais déjà pas un avantage pratique pour lui et que je n'avais jamais été, durant toutes ces années, plus que cela. Un simple confort, une distraction, un avantage concurrentiel, comme il se plaisait à le dire quand il défendait un investissement. Je ne sais pas pourquoi je vous répète ces choses. J'en ai déjà tellement parlé. Mais c'est comme une musique qu'on étudie, et répète, répète jusqu'à ce que tout soit clair dans notre esprit, dans notre corps, et qu'on puisse sans réfléchir la faire vivre pour les autres. Remettez-moi la musique ? S'il vous plaît ? Je sais, je sais. Nous en avons déjà parlé. Sans musique, ce sera plus digne. Et vous ne le feriez que si c'était sans aucun son, dans un silence cruel et insupportable pour moi. Je ne comprends pas cela. Pourquoi maintenant, quand j'en ai le plus besoin, me priver de la seule chose que ce corps presque inutile est encore capable de faire ?

Que puis-je faire d'autre qu'écouter, écouter, écouter même le désespoir, l'excès, l'horreur ? M'en priver, c'est anticiper mon silence, c'est mettre fin à la seule trace d'humanité que je possède encore. Sans ça, je suis un animal, incapable de tout sauf de survivre. Un animal observé par vous, surveillé et nourri dans une petite cage, minuscule, et pourtant plus grande que ma capacité à bouger. Sans musique je ne suis que ça, un animal, enfermé et amer en attente de l'abattoir. Je ne comprends pas cela de vous, qui êtes celui en qui j'ai le plus confiance dans ce monde de ruines qui me reste. Mourir en silence est pire que mourir. C'est une catastrophe, c'est payer trop cher la dette que j'ai contractée en naissant avec cette chose. Ce silence qui anticipe le rien que je serai, et que vous me forcez à endurer, semble aggraver ma paralysie, me rend encore plus immobile, plus à la merci de ce que j'aurai à affronter. J'envie ceux qui meurent dans leur sommeil, naturellement indifférents à la douleur qu'ils devront affronter, méprisant avec leur inconscient ce fantôme abject, ce lac peu profond et vaste qu'est la mort. Avez-vous déjà pensé à ce que c'est que de mourir ? Est-ce comme une plongée, quand on se jette dans l'eau glacée, sans respirer, dans l'attente d'une nouvelle respiration après quelques brasses ? Mais que se passe-t-il si, lors de cette plongée, on se cogne la tête sur un rocher, et alors qu'un nuage rouge et chaud se dilue autour de nous, on voit la lumière de la surface s'éloigner de plus en plus, dans une asphyxie rapide et sombre ? Et si on ne revient pas de cette plongée froide et silencieuse ? On ne pourra jamais le savoir vraiment. Dans notre dernier moment, quand on découvrira enfin ce qu'est la mort, nous serons morts et nous ne saurons rien. Cela doit être plus difficile pour vous. Vous avez beaucoup plus à perdre. Vous vous battrez de toutes vos forces pour vous échapper des profondeurs de cette eau. Moi, je vais juste me laisser submerger, calmement et lentement, en écoutant cette musique qui me hante une dernière fois, pour que je puisse me délecter du silence et de l'immobilité de mon destin. Mais je ne peux pas être submergée dans le silence, vous comprenez ? J'ai besoin de descendre avec de la musique pour être en paix dans le fond glacé de ces eaux sombres. Être submergée, vous comprenez ? Regarder la luminescence de la fin du jour sous la surface de l'eau, sentir sur ma peau les vestiges d'un soleil qui ne brillera plus jamais pour moi, me noyer dans des souvenirs fugaces d'une vie qui se termine sans air, avec les poumons pleins de douleur et de fausses attentes, et une étincelle d'amour, qui semble parfois rallumer cette flamme ténue qui nous fait persister. (pause) Allez, finissons-en espèce de maudit infirmier ! Appliquez tout de suite ces injections et rendez mon immobilité si réelle que mes oreilles ne puissent plus mentir que je suis toujours en vie. Une pour m'anesthésier, comme si j'en avais encore besoin. Et une autre pour mettre fin une bonne fois pour toutes à cet abandon, qui m'a laissée encore plus emprisonnée dans ce corps qui bouge à peine. Allez, employé inutile, je veux vite ces deux injections en une seule fois. (longue pause) Pouvez-vous être plus rapide ? Ce silence est pire que la douleur. S'il vous plaît, s'il vous plaît ... Vous ne pouvez vraiment pas mettre la musique pour moi ? C'est ma dernière volonté. Mettez la musique pour que je puisse l'entendre à nouveau, je vous en supplie. (pause) Je ne vais pas y arriver sans ça. J'ai peur de mourir en silence, j'ai peur de vivre en silence. (longue pause) Vous avez gagné. Vous avez encore gagné. J'abandonne encore, mais pour l'amour de Dieu, mettez cette maudite musique ! (5ᵉ mouvement de la suite, approximativement après le premier tiers, au début du menuet II).

Ténèbres.

www.afonsonilson.com